文 **劉清彥**（阿達叔叔）

從小愛看電影，大學和研究所的時候曾經在報紙上撰寫影評專欄，還受過編劇訓練夢想去拍電影。後來沒進入電影圈，卻用編劇的訓練來寫故事，創作了數十本繪本，也翻譯了數百本童書，還在電視主持兒童閱讀節目和廣播節目。作品曾經榮獲豐子愷圖畫書獎、開卷年度好書獎、金鼎獎優良童書推薦，還有三座廣播電視金鐘獎。

圖 **BALLBOSS**

插畫家 / 劇場導演 / 跨界創作者
原為劇場導演，旅英期間陰錯陽差地投身插畫創作。藉著對題材的嗅覺與獨特的敘事手法，帶領其藝術品牌「Ballboss & Stories」以極具創見的跨領域展演策劃，於2016-17 年間連續榮獲文化部年度文創之星殊榮，2019與 2022 年兩度入選素有插畫界奧斯卡美稱的義大利波隆納插畫展，更獲邀參與當期總統府常設展。目前持續以各種故事為產出，形式跨足插畫、劇場、潮流創意與跨界策展等。

國家圖書館出版品預行編目資料

大易的首映會/劉清彥文；Ballboss圖. --
臺北市：親子天下股份有限公司, 2023.11
44面；21x26公分. -- (繪本；345)
國語注音
ISBN 978-626-305-595-7(精裝)

863.599　　　　　112015348

繪本 0345

文｜劉清彥　圖｜Ballboss　附錄插畫｜李小逸

責任編輯｜謝宗穎　特約編輯｜劉握瑜
封面設計｜林容伊　美術設計｜陳珮甄　行銷企劃｜張家綺

天下雜誌創辦人｜殷允芃　董事長兼執行長｜何琦瑜
媒體暨產品事業群
總經理｜游玉雪　副總經理｜林彥傑　總編輯｜林欣靜
行銷總監｜林育菁　資深主編｜蔡忠琦　版權主任｜何晨瑋、黃微真

出版者｜親子天下股份有限公司　地址｜台北市 104 建國北路一段 96 號 4 樓
電話｜（02）2509-2800　傳真｜（02）2509-2462　網址｜www.parenting.com.tw
讀者服務專線｜（02）2662-0332　週一～週五：09:00~17:30
傳真｜（02）2662-6048　客服信箱｜parenting@cw.com.tw
法律顧問｜台英國際商務法律事務所・羅明通律師
製版印刷｜中原造像股份有限公司
總經銷｜大和圖書有限公司　電話：（02）8990-2588

出版日期｜2023 年 11 月第一版第一次印行
定價｜360 元　書號｜BKKP0345P
ISBN｜978-626-305-595-7（精裝）

訂購服務 ─────
親子天下 Shopping｜shopping.parenting.com.tw
海外・大量訂購｜parenting@cw.com.tw
書香花園｜台北市建國北路二段 6 巷 11 號　電話（02）2506-1635
劃撥帳號｜50331356　親子天下股份有限公司

立即購買 >

大易的首映會

文 **劉清彥**　　圖 **Ballboss**

不管做什麼，大易總是慢吞吞。

他起床慢吞吞，
上廁所也慢吞吞。

換衣服慢吞吞。
吃飯更是慢吞吞。

數學課考試，
全班同學都交卷了，
大易卻只寫了一半。

第一學期

1. 樹上原來有32隻小鳥，

畫圖：

體育課，
同學都追著球跑過半場了，
只有大易還看著籃框發呆。

美勞課，
老師教大家怎麼讓畫動起來。

他要每個人在厚厚的空白小冊子裡，
畫一連串動作分解圖。
畫完後快速翻頁，畫的東西就會動了。

「你们看，狗在追我。」

「他骑脚踏车的样子很帅吧。」

「哈哈哈，
小鳥嗯嗯在你頭上。」

下課後，
大家都在分享
自己畫的東西，
只有大易的小冊子
一片空白。

那天晚上，大易慢吞吞的寫完功課後，
才開始一頁一頁、慢慢的畫。

一直畫到屋子裡，
只剩下爸爸沉沉的打呼聲……

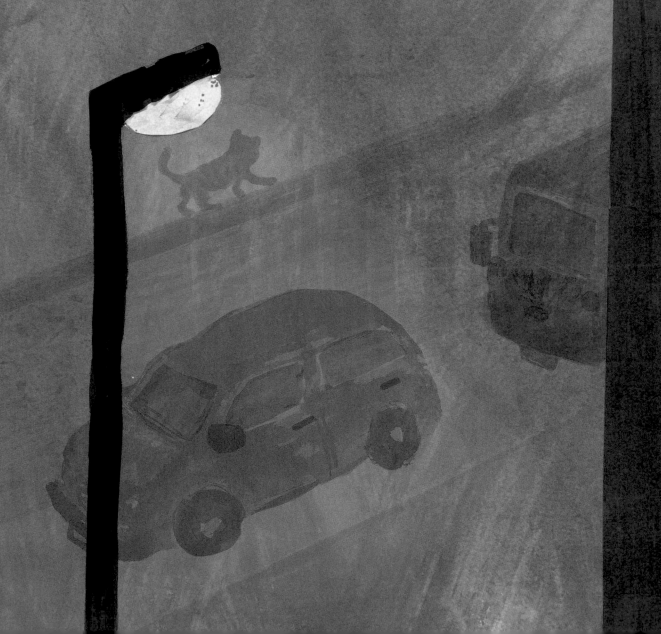

隔天早餐時，
大易拿出自己畫的小冊子。
「哇，火車動起來了！」
妹妹的眼睛睜得好大。
「好像在看一部迷你電影。」
媽媽的臉上露出微笑。
「電影就是這樣做出來的。」
爸爸把小冊子翻來翻去一直看。

「嗯，好像有點太平淡，
來一場暴風雨好了。」

「可能還需要一點音樂。」

整個週末，
大易都把自己關在房間裡，
將照片一張張存進電腦，
再修圖、補圖、剪輯和配樂，
直到星期天晚上……

短短十幾秒，
在電腦螢幕上一晃眼就過了，
但全家人都看得目瞪口呆。

「真有趣，」媽媽笑得好開心，
「你是小導演呢。」

爸爸也推推眼鏡說：
「不錯、不錯，
你可以拍影片了。」

可以用我的
小火車拍嗎？

大易寫好故事，架好腳架，
擺好相機，安排好布景，
小火車就出發了。

只是，小火車動得好慢好慢，
一次只能前進一公分，
因為要停下來
讓大易拍照。

OD:16:49

大易用黏土固定小火車，
讓它慢慢、慢慢的
沿著桌腳滑下來，

然後慢慢、慢慢的開過綠色地毯，
慢慢、慢慢的鑽進沙發山洞，
再慢慢、慢慢的鑽出來……

如果小火車翻倒了，
就再用黏土重新黏牢，
擺好重拍。

一次又一次，
大易的動作好慢好慢，好慢好慢。
但是，不管爸爸、媽媽還是妹妹，
都沒有催促他快一點。

整個暑假，大易都在拍小火車。
他還上網查資料，到圖書館找書看。

他把相機擺在遠遠的地方拍，
也把相機放在小火車前面拍，
甚至架在小火車的上方拍，
讓相機跟著小火車一點一點的慢慢前進。

他希望能拍出一部好玩的影片。

開學第一天的暑期生活分享，
輪到大易報告時，
他架好投影機和電腦，
拉上教室的窗簾。

接著，樂聲響起，
講臺上的螢幕便出現——

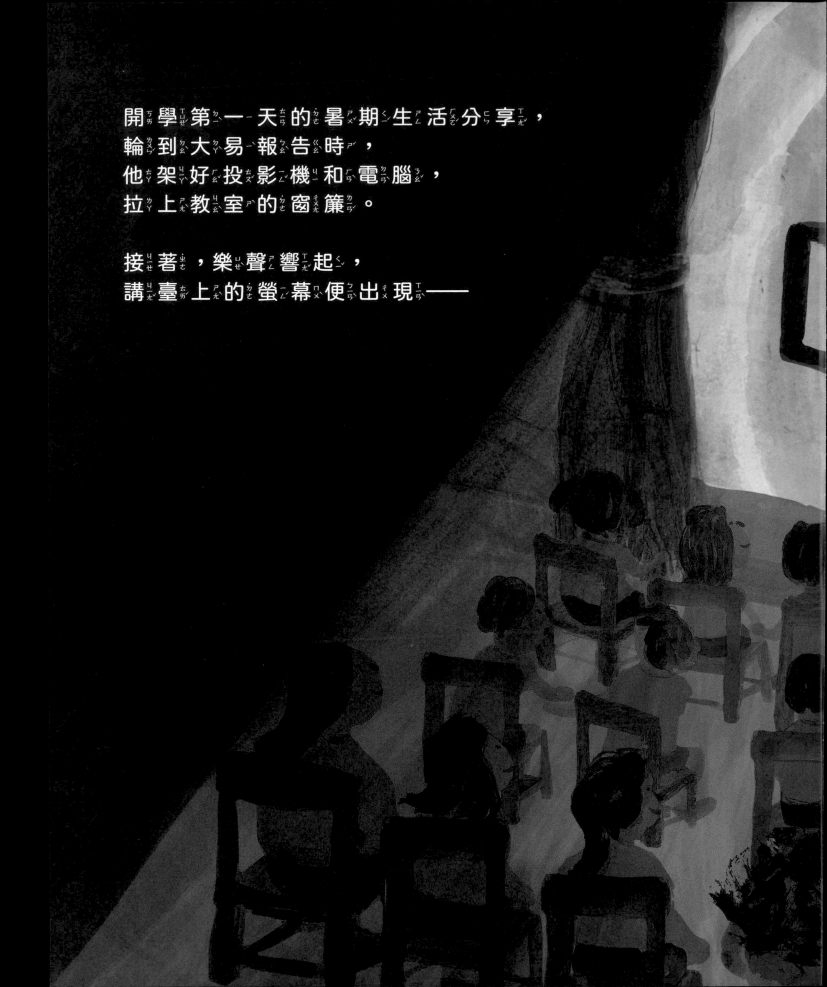

不管做什麼，
大易總是慢吞吞，
但是他知道，
自己可以慢慢、慢慢的，
把想做的事做好。

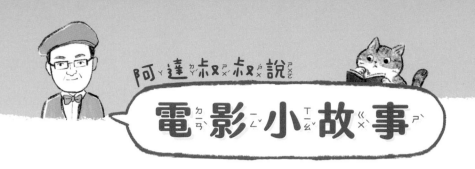

你一定進電影院看過電影，但是，你知道電影是怎麼來的嗎？

西元1872年的某一天，有兩個人在小酒館裡，爭論馬奔跑時是四蹄騰空，還是維持一蹄著地。其中一人就是後來創辦史丹佛大學的里蘭‧史丹佛（Leland Standford, 1824-1893）先生，他決定委託當時最負盛名的英國攝影師愛德華‧麥布里奇（Eadweard Muybridge, 1830-1904），用攝影來解答這件事。

第一部會動的影片是用相機拍出來的？

麥布里奇在跑道一邊裝了24臺相機，另一邊則立了24個木樁，各連接一條線在相機快門上，當馬奔跑時牽動線便會按下快門。他將成果以幻燈機快速播放，便出現了馬奔跑的動態畫面。

後來愛迪生（Thomas Alva Edison, 1847-1931）受到這個想法啟發，發明了「動態影像視鏡」，使攝影膠片連續轉動，產生活動的幻覺。到了1895年，法國的盧米埃兄弟（Auguste Lumière, 1862 - 1954 & Louis Lumière, 1864 - 1948）發明了「活動電影機」，這是最早的動態影像攝影和放映機。他們拍攝了一段火車進站的畫面，並在同年的12月28日，舉行全球第一次銀幕投射放映影片的首映會，所以那天被定為「電影誕生日」，盧米埃兄弟也被公認為「電影之父」。

科技使電影更迷人

最早的電影都是黑白且沒有聲音的。 電影播放時， 會有一個「說故事」的人， 為觀眾講述內容和角色的對話， 但幾年後便開始附上字幕， 方便觀眾理解。

第一部有聲故事電影是1927年上映的《 爵士歌手 》（The Jazz Singer）， 而第一部彩色電影則是1930年的《 浮華世界 》（Vanity Fair）。 之後隨著器材和技術的進步， 電影也漸漸有了日新月異的發展， 不斷為我們帶來新奇的體驗和感受。

現在， 只要有手機和相機， 幾乎每個人都可以拍攝影片， 甚至透過電腦， 剪輯製作成電影。 如果你有一個好故事想說， 也可以像大易一樣， 利用手機或相機， 拍攝自己創作的影片， 舉辦一場別開生面的首映會吧！

如果你很會游泳，不一定要跟著別人去學爬樹！

　　每個人都有自己擅長的事情，例如游泳、跑步，或是說話很幽默。不過，有些人擅長的能力需要慢慢相處才能發現，例如思考、創作或人際溝通。

　　動畫導演邱立偉小時候常羨慕別人很會讀書，而他因為自己喜歡看漫畫和動畫，進而發現自己有創作漫畫的才能，很多同學都爭相閱讀他的作品，這也是促使他長大後從事動畫創作的原因。讓我們一起來看看他的成長故事吧！

邱立偉 動畫導演

今天的考試又考砸了。

但我還是非常期待放學後的卡通時間。

動畫裡的老鼠會笑、鴨子會生氣、機器人會飛。

小胖貓有一個任意門，帶你到想去的地方，體驗各種奇幻世界。

動畫裡還有很多有趣實用的知識，例如足球技巧、日本劍道規則，或是圍棋對弈的精神。

徜徉在動畫世界中的我，常常覺得心靈與頭腦都很充實。

後來我開始試著畫漫畫，沒想到同學們都很喜歡，還搶著看呢。

老師還推薦我代表班上參加繪畫比賽。

因為小時候累積的這些收穫，讓我決定長大後要做和動畫相關的工作。

這個世界上，大家喜歡跟擅長的事情都不一樣。

只要相信自己，並努力去做，

把喜愛的事情，變成一輩子的志業，是很幸福的事情喔。

你擅長的事情是什麼呢？好好想一想，說不定你已經找到自己的夢想囉！